SCOOBY-DOO!™

Un fantôme dans le jardin

Texte de Gail Herman

Illustrations de Duendes del Sur

Texte français de Marie-Carole Daigle

Les éditions Scholastic

Pour toute information concernant les droits, s'adresser à Scholastic Inc., Permissions Department, 555 Broadway, New York, NY 10012.

ISBN 0-439-98658-3

Titre original : Scooby-Doo! Ghost in the Garden.

Édition publiée par Les éditions Scholastic, 175 Hillmount Road, Markham (Ontario) L6C 1Z7 CANADA.

5 4 3 2 1   Imprimé au Canada   01 02 03 04

Les amis se baladent dans la Machine
à mystères.

« Quel beau temps pour se promener! »
s'exclame Fred.

« Surtout quand on a fait le plein
de Scooby Snax », ajoute Sammy.

« R'as raison, Rammy! » dit
Scooby-Doo, en pigeant dans la boîte.

Soudain, la fourgonnette passe sur
une grosse bosse.
« Eh! » crie Sammy.
« R'eh! » dit Scooby.
Les Scooby Snax sont projetés par la fenêtre.
« R'wouf! R'wouf! » fait Scooby.

« Arrête tout de suite! » crie Sammy.

Iiiihh! Fred arrête le véhicule, puis recule un peu.

Crac! Il écrase la boîte de Scooby Snax!

« Qu'est-ce qu'on va faire, maintenant? se lamente Sammy. On a déjà tellement faim! »

« Regardez, là, devant! » dit Véra en indiquant un kiosque à légumes, installé devant une ferme.

« Des régumes? dit Scooby en hochant la tête. R'wouf! R'wouf! »

« D'accord, ce n'est pas comme un repas de hot dogs et de frites, reconnaît Sammy. Mais c'est mieux que rien. »

« Les légumes, c'est bon pour la santé,
dit Daphné. Et certains croquent presque
autant sous la dent qu'un Scooby Snax.
Pense aux carottes! »
« Rélicieux! » dit Scooby.

« Désolée, dit la fermière, France Lagrange.
Je n'ai plus une seule carotte. C'est ainsi
depuis plusieurs jours. » Tout en leur
parlant, elle regarde derrière son épaule.
Elle semble craindre quelque chose.

« Qu'avez-vous d'autre? » demande Sammy.
Comme il se tourne vivement en direction
des étalages, Scooby lui marche sur le pied.
« Aïe! » crie Sammy.
À ce cri, France Lagrange sursaute. Elle a
vraiment eu peur.

« Quelque chose ne va pas? » demande Daphné à la fermière. France Lagrange soupire. « Une *chose* a fait disparaître toutes mes carottes et ma laitue. »

Tous les soirs, j'entends des bruits étranges.
Lorsque je vais vérifier ce que c'est, je ne
vois qu'un grand éclair tout blanc. Je suis
sûre qu'un fantôme hante la ferme! »

« Ce fantôme a même fait fuir mes animaux!
Je vais devoir quitter la ferme et m'installer
en ville, dit France Lagrange aux amis. Ça ne
me tente pas, mais je n'ai pas le choix. J'ai
une peur bleue des fantômes! »

Véra s'approche des cages vides. « Hum! dit-elle. L'équipe de Mystères inc. va s'occuper du dossier! D'accord, Scooby? »

« Pas restion! » dit-il, en scrutant les paniers de légumes vides.

« Scooby a bien raison, dit Sammy. On ne va pas rester si cette ferme est hantée. Surtout s'il n'y a rien à manger! »

« Oh! mais il y a de quoi, dit France Lagrange. Aimeriez-vous un petit déjeuner de crêpes aux bleuets frais? »

« R'accord! » dit Scooby.

Cependant, une fois la nuit tombée, Scooby et Sammy changent presque d'avis. Le carré de carottes est plongé dans une noirceur inquiétante. Et il n'y a aucune place où se cacher.

« Ce n'est pas grave, dit Véra. J'ai une idée. Vous n'avez qu'à vous déguiser en épouvantails! »

France Lagrange leur prête des vêtements
foncés et des chapeaux de paille.
Sammy et Scooby bourrent de paille leurs
pantalons et leurs manteaux.

« Nous nous cacherons juste là, dit Fred
en montrant un gros arbre. À plus tard! »

Sammy et Scooby se juchent sur les poteaux de clôture. Au début, tout est calme.

« C'est très agréable, pas vrai? dit Sammy à Scooby. Rien ne vaut une nuit paisible à la campagne. »

Croâ! Un oiseau vient se percher sur l'épaule de Scooby.

« Hiiiiii! » s'exclame Scooby, terrifié.

Sammy rit. « Tu es un épouvantail. C'est *l'oiseau* qui devrait avoir peur, pas toi. »

Tout de suite après, un oiseau atterrit
sur Sammy.

« Aaaah! » s'écrie-t-il. Puis arrive un autre
oiseau. Et un autre. Et encore un autre.

Sammy et Scooby gesticulent des bras et des jambes. Puis, ils secouent la tête. Les oiseaux ne bougent pas.

Tout à coup, un bruissement d'ailes se fait entendre. Il s'amplifie et se rapproche de plus en plus!

« Ne t'en fais pas, Scoob, dit Sammy. Rien
ne peut nous arriver tant que ces oiseaux
seront ici. »
Croâ! Tous les oiseaux s'envolent.

C'est alors que Sammy aperçoit un éclair blanchâtre, comme celui décrit par la fermière. « Bon, dit Sammy. Le mystère est résolu : il y a vraiment un fantôme ici. Maintenant, allons manger nos crêpes! »

Il saute de son poteau.
Scooby veut l'imiter, mais il reste coincé!

« Au recours! » crie Scooby. Il revoit l'éclair
blanchâtre passer. « Le rantôme! »
Il s'approche de plus en plus de lui.
Sammy secoue le poteau de Scooby. Il lui
tire une patte. Il l'agrippe par la queue. Mais
Scooby ne bouge pas d'un poil.

« Non mais! » dit Sammy. Il tire très fort sur
Scooby. Le chapeau de Scooby s'envole, puis
atterrit en plein sur le fantôme.

C'est alors que Scooby finit par se libérer.
Boum! Il s'écrase par terre, gardant le
chapeau de paille prisonnier entre ses pattes.

« Scooby a attrapé le fantôme! » crie Sammy
aux autres.

« Ce n'est pas un fantôme », dit Véra. Elle
ramasse le chapeau de Scooby. En dessous
se tient un lapin blanc à l'air coquin.

« Que se passe-t-il? » demande France Lagrange. Puis, elle aperçoit le lapin.

« Mais c'est Pompon! »

« Votre fantôme n'était qu'un malin petit lapin », dit Véra.